現代歌人シリーズ
20

はーはー姫が
彼女の王子たちに
出逢うまで

書肆侃侃房

武蔵野市と中野区、そして小樽市へ
はーはー姫より愛をこめて

はーはー姫が
彼女の王子たちに
出逢うまで

装画　カシワイ

自分は枯れたと感じていた
恋についてもう熱心に書くことはない、などと周囲に語っていたが
二〇一三年末とつぜん
二十年ぶりに男性同士の恋愛小説を書きはじめた
四十歳を目前にしてこんなに不確定で
あっさりとセルフイメージを裏切れることに
新しい鉱脈にいたった感じがした

❤ありが東京

鳥肌がかけぬけるだけほんとうのありがとうには相手はいない

想像しうる最高に寒い場所にいるつもりで抱きしめてみて

このにおい毎日?　たぶんね　手をつなぎ仰ぐ夜明けの製紙工場

おなじくらい愚かになってくださいと手に口づけて祈りつづけた

恋人のプラスチックの保険証噛んだら朝の風に溶けそう

敷石の蝶を何度も舞い上げてあなたはこの町の人になる

風邪ひいた魚をみようにぎりめし冷えてかがやく新婚旅行

フライ追うように走って　しあわせだ、しあわせだって退路を断って

冬の光　にげまどうスープの具たち　風邪の人だけゆける王国

洗ってはだめな素材のストールを巻き洗わない五十年を想う

「失礼致しました」肺の白鳩にむせるオペレーター十二月

うつくしい人びとのいちばん後ろあゆむ冥王星のときめき

ついにとても苦しい夜がやってきてココアの缶を頭にのせた

俺の心はきれいじゃないなんて上等だ　わたしは空に目くばせをした

わからないこの世での呼び方がないあなたと水たまりになりたい

男というエレメントよせてはかえす夜間工事の遠音を聴けば

満月のひかり波うつ屋上に怖いひと笑わせてみたくて

水盤に満月ひとつ持ってもう動けなかった幸せでした

タッパーの跡がうまそうとご飯を君よろこべばほんとうに夜

詰め替え用を赤子のように抱きとる夜明けの西友よ永遠なれ

靴ひもをむすぶ遅さも冬のうち　あなたを楽しみにしています

ニュースの終わりの曲のさみしさに眼を溶岩がながれることも

衛星が　みて　数珠繋ぎの愛が　みて　視野の端っこ超えているから

ものがみな静止している八百屋にて遠い抱擁いきいきとする

口移しで兎にビスケットやりつつ未来を待った春のゆうぐれ

きみといると霞んでしまう文字があり何かの作りかたが読めない

蝶は咬む。わたしの耳や首をかみ会社じゃない場所へつれてゆく

天ぷらの蒸気くるしい春の日の地震のあとにバンドを生んだ

声や音もちよって小さなキャンプしたくてそれをライブと呼びぬ

フォーティーもフィフティーもスリリングでしょう脛に魚のむれ絡ませて

狂おしい右上がり字が冗談を書いてる　彼の治世を想う

立てないくらい小さな星にいるみたい抱きしめるのは倒れるときだ

千年後緑の星で再会の話の腰を折って口づけ

豆本を買ってあげたいカナブンの誠実そうな体の厚み

どっちの腹が鳴っているのかわからないうれしさに兎を抱きしめる

はだ色のやもりが走る切ないことと幸せだけがあったアパート

ありがとう東京（ＣＯ２削減のため略して）ありが東京！

布のなかからだは泳ぎ引っ越してもひっこしてもまだ中央線

歌うことは歌わされること日本一官能てきな沿線に住み

カナル型イヤホンが痛くて捨てる体の行きたがる道をゆく

歩きまわらずにいられぬ夜がありきしきしとわたしを吊る星よ

ろうそくのほのお溺れるように消ゆ（自分はもっとうまくやれると？）

優しくてきみは腐った水草を腐った水草とは呼べなくて

夏布団わたしのパンツがみえたならそれはおみくじ、いつも大吉

日ようの朝の夏野菜売り場の端でわたしも売られてみたい

わたしには代われないおつかい抱いて夕立のなか蛾は歩きおり

だんなさんわたしの心はおいしいか？　雨にふられて自信なくなる

ふとんを蹴り、かけらけて蹴り、かけられて　一人で生きる力をもらう

このひととならば仄かになれそうで火を消すように結婚をせり

救急車こなくてもあなたがいればこわくないからこわがらないで

酔いました　何度も何度もきみを産み何度もきみにお嫁にゆくと

明日葉はそこいらへんに生えているまた食べられるとあなたは誓う

いいことをいう人がいてそれがわが夫だという静かな宇宙

忠実さにどう報いればいいのだろう外置きの洗濯機を抱いて

あおむけに眠れば潮のように引く乳房にそっと置くティーセット

恋人は恩人となりいつのまにわたしは違う日本にいる

ふたりには何もできないかもしれず雨をボタンに留めるちから

父すこし舞い上がりお皿に盛ったいちごをいちご料理と呼びぬ

オレンジ色が一番すきという父はオレンジのもの一つも持たず

ゆくのかときけばゆくさと声がする保護樹木のとなりの木から

百日紅満開地図のなかに棲む変わった子　当番をがんばる

いつかのために野鳥保護キットを買って保護されたいのは僕なのかもね
望まれぬ空き地に月は入り蚊にこんなに刺されたと笑うひと

父さんの布団敷くときさようならみんな仕事のある夢の町

それでもひとの形をしてるほかはなく秋には秋のワンピース着て

あたたかい暗がりをちぎってよこす友の話は食べるようにきく

背中から無数の透きとおる腕も生えてあなたの手紙を読んだ

アパートの入口に生るブルーベリ宇宙は僕を養うつもり

宇宙の果てまで探しにきてくれるどんなあやしいことをしてでも

♥♥たんぽぽ畑で声変わり

すきだったことが楽しくないのですこれは水に関係ありますか?

目ざめたら息が乱れていた私自由になるのかもしれなくて

処女による処女のためなるパンケーキショップ曇りの日のみ営業

妖精の玉座のようないくつかもあり乳色の姉妹の乳歯

いもうとのアパートの階段薄く手すりは細くあとは飛ぶだけ

夜空から直接風が吹いてくる実家とは荒削りなところ

向かい風つよくて息ができなくて溺れるかとおもったよ故郷

鹿は逃げて牛は寄ってきて馬はそのままだったよねお父さん

臍嚢《さいのう》を使いきったんだと気づく三十九歳ぎんいろの顔

明けがたに水の音して止めなきゃと思う　どうともなれともおもう

ぼろぼろの靴を今でも新品としか感じないばかはわたしよ

うしろから聞こえた会話の甘栗をきみに転送するように想う

れんこんの節を捨てずに食べるたびどこかで足の鎖が解ける

飲んだ水一分後には生殖器にとどくときいたそれはまぶしい

交番で体操をする青いひと羽ばたきそうで君と見ていた

拳闘士《ボクサー》になれというのねセコンドの声が聞こえる秋のベンチに

ねえつぎはどこに住もうか僕たちはおたがいの存在が家だけど

あこがれの街の一位はころころとかわり不動の二位は小樽市

野のような家の姉妹は眠るとき赤い小さなとぐろを巻いた

初めての発語は「でんき」そののちの人驚かしつづけるさだめ

変わるんだ　待合室は透明なもの降る呼ばれゆくひとのため

変わろうよ一緒に　君と暮らさなきゃ食べずに死んだろうカラムーチョ

好物の名からおずおず呼びなおす変わりつつある私の声で

ひとつひとつ雪に名前のある夜よ渋谷につどう霊を想えば

小樽では素敵な人が待ってます　うがい見守りつつ歯医者いう

とっておきの寂しく美しい町につれてくからね、気をたしかにね

月に行ったら月に行ったら石並べ屋をやるいまは震えてるけど

体だけ月へ着陸　地球から心が追いつくのを待っている

ウエストポーチに光る小石をひとしきり納めて君が地球をふり向く

おばさんも声が変わるのねえ素敵！　あなたに聞かせたいニューソング

つぎの風飛べそうよ綿毛になって　お義父さんの髪みたいになって

ぱんぱんのエコバッグ背負うわが夫に落武者時代の同志をみたり

抱きしめてなる、なる、なるといったのは包み紙にという意味でした

出会ったころの話はなんていいのだろう遠浅かぎりなく歩けそう

ああっご飯　二人になると落雷のように食事はおもいだされる

やすらぎは死んだあとでじゅうぶんといい君は私を妻と定めた

何度でもわかめのポーズしてくれる　古い心の傷が癒えてく

聞くだけで四男だってわかるそのすごく遠くへゆけそうな名の

すごいいきおいであなたは床につく家電の代わりに「ピ」といいながら

泣きながら飛んだ夜空の風圧を覚えているの？　手をみせて手を

つぎに住む部屋はいま住んでる部屋の紹介制よ風鈴かたす

結婚も移住もさわりなくすすむ宇宙のためになることならば

地のはてに箱庭療法なるもののあることしみるように安らか

これからは不思議なことがふえるって転居の朝に天井いわく

東京は愛の学校　そしてまたつぎゆくまちも愛の学校

玄米を気に入ったとあなたがわらう生前葬を五十年やる

生きるってシーザーサラダ泣きながら食べながらお別れをすること

たくさんの蟹と一緒に歩いてくお別れ会にまにあうように

声や歌つきあう人や住む場所が変わってもまだこの星のうえ

ヤクルトをひさぐ身に地は柔らかくこの先は海、そのあとは春

❤❤❤みんなススン期、愛のとき！

じつは俺過疎地域指定されてる…と麗しの小樽市はささやく

憑依霊五体ほどつれ愉しめり街いちばんの坂の勾配

ながく急ながくてはつか曲がりたる坂が入ったからだで生きる

ちんちんが内向きに生えているんだわアーアー発声する冬の朝

恋の映画の舞台だったよ過疎りゆく街はあお向けのまま笑った

ふぶく道ひとりゆくときいだきあい・はなれ・いだきあい・はなれるものよ

凍土にはすべてがあるね生協で母娘はねむってしまいそうなの

引っ越しは冬の朝お手本のない暮らしに突っこむわれら骨たち

ミルク味千歳飴買いたい買うね大人になっても自分のために

化粧水すっと塗るまも育ちゆくだれも触れえぬ心のちんちん

僕たちは大当たりだ何があっても音もなくすぎてゆく夜にも

寒色のセーターわたしたくさんの人かもしれないからつかまえて

あれがいい僕あれがいい毛づくろいしあう二匹が世界のすべて

のぼってもおりても気持ちよい坂をうっとり坂と名づけて通う

新しい水はこわいほど甘くてなすすべもなく植生変わる

まっすぐな道を見るとき直線を腸からのどのあたりに感ず

思春期も二回めならば自覚てき楽しくなってきた坂の街

ふたたびの思春期これはススン期だ息するだけで僕はかがやく

目を見ればみんなススン期みんなときめく寸前じゃないかこの世は

君はまだ見つめてくれる謎の太陽になってしまった私を

ひとが生きヒントをねだる可愛さよ　そば湯の色の空に雪雪

ほの甘いバザーのカレー大盛りにされて　私　納税します

だいじょうぶすぎて涙が出そうですどこに行っても母さんがいて

ポケットがなくて手のやり場に困る　ういういしさを見たくてまた会う

花の名の部屋　お茶碗に入りたる月の光はあなたのものよ

新居にも埃という名のお知らせが、廃屋からのたよりが届く

たそがれの瑞穂の波をゆくごとしマクドナルドに席を探せば

だれとでも結婚します脚つきのあかい器の銀むつ定食

君はいま深い呪いを解いたことも気づかず牛乳パック束ねる

米びつに腕さし入れてひんやりと皆いい子だきっと私も

かわいそうってどんな感覚だったろう夜明けの一本道を歩けば

奥歯から未来が漏れる　わたしたち子ども同士で暮らしているよ

ひさかたの雪の白さの握り飯なぜか記憶のメロスは全裸

ぬばたまの夜勤に海老を湯で戻しきっとセリヌンティウスも全裸

すてられていたという犬明るくて抱けば興奮する　おめでとう

虹の根で金木犀のごはん食べ全細胞の誕生日かな

ときめきに息荒くする僕のことはーはー姫と呼ぶがおにあい

旅なのかふたりで生まれる町なのか嬉しく地図を指しつつ話す

おにぎりをいろんな人が握るのを見たいしそれを食べてゆきたい
おにぎりが握られるまで待っているよそものらしいみずみずしさで

自転車の重さも軽さも楽しくて半月のような町をゆくのさ

秋の駅左右のつま先のよごれ合わせてみたらハートとなりぬ

いつのまに誰かが僕の中にいてうしろめたいほど完結してる

ひみつひとつすすんで抱いてみる夜もみみずは土のチャームポイント

何匹もいる野良猫の一匹も目じるしにならないとは猫め

腕を通せば歓迎されているように青いセーターひんやり柔らか

ちはやぶるティファール　電気で沸いた湯の冷めやすさごと味わっている

ほんとうはなにが得意なのと問えば「焼きそば」というホットプレート

おまえにはホットケーキが怖いのねなんか煙たくなってきたもの

ひとり寝のできぬ甘ちゃんになっていた留守番の夜のこころの神秘

身を起こし両腕で鮭抱きあげるポーズを急にしたくなり、する

ひとり寝る恐怖に息をあさくして最小の動きで着替えたり

生まれ変わったようとたやすく想うのな、また歩きながら靴履いてさ

ただいまといえばひろがりゆく波紋おおくのドアに待たれて生きる

おとな、とは冷蔵庫の光のなかのひとつっきりの綺麗なケーキ
よろこびは教えてくれるこの肺をいつか手放すときの感じを

目出し帽脱がせて君は笑うだろう白髪ふえたな幸せかって

消息を追えない歌手と私とでともに浮かんでいる弱い海

❤❤❤❤そして、はーはー姫は彼女の王子たちに出逢う

甘い気がこごって王子たちになる　どうか僕らの愛を描いて

いきいきと男がふたり住んでいる私の胸のスイートルーム

抱擁をする彼と彼アイスティーに積み重なった氷は回り

君たちがどんなに素敵かを語りそのまま成仏しそうになった

満ちみちてなにひとつうたがいのない世界に立てり彼らを描けば

このまちの金木犀は僕のため！　生きてるうちにいい気になりな

封筒のようなかたちのふたり用寝ぶくろがある　あるのですって！

彼らには素敵な宇宙をあげなくちゃ私自分をだいじにしなきゃ

僕の飲むものは彼らが飲むもので六花亭にてほうじ茶を買う

わー寒い寒いねえってストーブへ猛進この星を愛してる

ミツウマの長靴を買い窓からの雪見せてやるあゝ馬のかほ

私たち大きな息子がふたりもできたよしかも後光のさした

王子たち君らだったか冬の街いたいけな夫婦を待っていたのは

謎歯科医予言が当たるおもしろいほうの地球へ来たぜ相棒

ふる雪を手に受けるとき米色の空と握手をしたと思いぬ

愛してるといわれたいだけごみ屋敷の人の気持ちがいきなりわかる

愛してるとすべてにいいたいいいわれたいなぜならみんな私だからだ

雪のなかソフトクリーム食べさせあう中国人の幸のはげしさ

可愛さの循環のただなかにいる　人は花　花は星　星は人

雪をみて窒息させる力のない雪だとわかりまた眠りこむ

妄想を育てにミスド行ってきます！　雪解け街を転がれわたし

コーヒーを満たした大ぶりのマグが心臓のよう　歌い出したい

この世には子どもも大人もいやしない無数のただの私がいるだけ

あなたから向こう三人くらいまで抱きしめたいのうれしいしらせ

チップ&デールの服に身をつつみここから放射状にしあわせ

いまなにか降ってるただそれがわかる　それは心配いらないという

くだり坂は気づきやすくて目がくらむどれだけ愛されていたかとか

帰ったら爪を深めに切りたいな安心のただなかをあなたと

くつろいで。信頼して。この最小の関係にみな詰まっているの

くしゃみというワープを重ねワンピースの花柄減ってあなたと出会う

すくなくともわたしは死ぬまでに君と揃いのワンピースを着てみたい

ポケットにたまった埃こねながら泳がしておく春のメロディー

美しい人は不思議なお願いをされたりするのだろうね、パクチー

てんとう虫の滑走路となる数分をしんとしずまる問いと答えは

ふりむけば荷物の多いふたりいて　神さま、彼らをもらってゆくよ

片づけをしながらふいに呼んでみる君らを起こす母のつもりで

キャラクターバッジは胸にあかあかといまがいちばん幸なる証

王子Aは王子Bを激しくすきでBはAをしみじみすきみたい

長靴を素足ではいてゆく一生忘れないセックスしておいで

❤❤❤❤❤愛しあう王子たち

キャラクターとして生きることに決めた地球は満員のようだから

どの屋根も星を映している夜はどこに生まれようか、迷って

おれたちははーはー姫の脳に降りハートを熱し肚《はら》まで落ちた

俺は楯《たて》、彼は緑《みどり》と名を決めて地球の民の胸に住まおう

くちばしの短い鳥のようでした愛をほしがる彼のすがたは

心を持ってしまった落書きのようなあわれな恋がはじまっている

あこがれを火炎のように八方に伸ばして触れる君のうぶ毛に

これ以上馬鹿なポーズはないというポーズしてからじゃなきゃ会えない

ソフトクリームのらせんチュッと吸って　素敵なキスが降りてこんかな

溶き卵のようにひろがる夕やけにたったひとりの眼鏡に会いに

ふたをあけたら塩豆がみんな上向いてる　おめでとう冬の恋

星にまだ寒くなれる力をありがとうどこも隠さず恋人は立つ

モニターに僕らの恋が描かれてキスの二文字が宇宙を照らす

逢わないことでたもたれているようなこの空の高さと青さだよ

ばかだらけです神様と告げ口する　骨のないパンこんなにうまい

なんという熱さ冷たさこの星の少年として描かれてみれば

愛を思えばくわえた薄いチョコ重くなるよねずみが運べないほど

案外と水たまり多い道でしょう　おまえに自慢する雨の朝

六畳の硝子の星をもらったぞ何ひとつあきらめるな俺たち

恋びとのやせて優しい二枚の頰つつめばこの部屋は生きている
グァテマラからやって来たコーヒー豆よおまえにいいところを見せたい

この冬はとびきりの毛布を買おう　鳥のかたちの菓子に喋らす

ちっちゃいころ親をなんて呼んでたの　訊かないと知らないままで死ぬ

助手席に君ねむらせる星の道シェイクを飲めば冷たいげっぷ

恋人は冬の星座とつながって部屋を片づけきわめていたり

君の名がかいてるボタンがあったらぜったいおすと彼はささやく

モーニング・ミールの湯気のあいまからきみの横顔に似た地上絵

ほめられるとレモンを噛んだようになるたやすい心のかぎり愛する

厚着から時間をかけてみえてくる裸はすこし光るものなり

土の手に毛の手をかさね「あの塔」と呼んでるタワーまでのお散歩

まだ誰も通ったことのないような表情をするたまに道路は

春のたびおもいだすあれはからすの結婚式じゃなかったのかと…

ＳＦを読んでいたところだというその手で頭をなでてください

平原のような瞳でまっすぐに近づいてくる恋をしにくる

何するのそんなに柔らかいほっぺして何するのおれの隣で

揚げいもに唇《くち》よせて大股でゆくきみの前も後もぼたん雪

逢いたさに嘘をついたらほんとうにおまえの前で風邪ひいてゆく

股ぐらへミートボールの軌跡きらきら光るのを声も出ず　春

点描の道をおまえは濡れてきてマイクのようにつきだすクレープ

砂糖　イイネ　砂糖は駄目　ソレモイイネ　いいからもっと近くにおいで

ぼんのくぼは探したのかい　ものがよく消える寝床にふたりは眠る

ドアの前まで海つれてくる朝食をいつか両手はつくるのだろう

洗剤ならぶ日だまりへとんぼ来てひととき交尾まえですか、など

この星で愛を知りたい僕たちをあなたに招き入れてください

♥♥♥♥♥♥胸に住む王子たち——読みの一案として

星《せい》四《し》朗《ろう》

妻の雪舟えまがこの歌集のタイトルを得たのは、夢うつつの状態で、でした。

その日私が寝ていると、横で寝ていた雪舟が急に起き、枕元のメモ紙に何かを書きつけている気配を感じました。

はーはー姫が
彼女の王子たちに
出逢うまで

明けた朝、雪舟によってスケジュールボードの空いた場所にこの文字列が書かれました。これは雪舟自身にとってもそれまで見聞きしたことがない言葉であり、その風変わりさに若干戸惑いながらも、これから作る歌集のタイトルであるとはっきりとわかったようです。本作は、この言葉に導かれるように編まれ始めたのです。

「はーはー姫」「彼女の王子たち」とは誰でどのような人（たち）なのか？
「出逢うまで」はどのような期間なのか？
もう出逢ったのか？
出逢ったとして、いつどのように出逢ったのか？

本作はこのタイトルの下《もと》で、過去の歌が捉えなおされ、さらにタイトルに沿うように新たな歌が作られていったと言えます。

私は雪舟に出会う前、彼女に著作がなく、主にネット上で作品の発表を続けていた頃から、その作品のファンでした。

「雪舟の作品世界をなんとか説明できるくらいまで理解したい」という思いは、作品に初めて触れた二〇〇四年から今に至るまで、気づけば心の中にあるものでした。そしてつい先ほど、その衝動とも言える思いを持つ私は「説明好きの雪舟マニア」なんだと自覚しました。

　以下には、私なりのこの歌集の解釈が書かれています。夫という立場で身近にいる、説明好きの雪舟マニアの一解釈として参考程度にお読みいただけると幸いです。


……………………実はこの後には、前作で第一歌集である『たんぽるぽる』と今作の関係をまとめたものや、歌を引きながらの各章の読みが続いていました。しかし書き上げて、編集長の田島さんに校正して頂き、意見をもらっていく中で、この歌集に関する私の「説明したい欲求」は満足したようで、大幅に文量を減らすことになりました。一度この歌集について時間をかけて言葉を紡ぐことは、私にとって必要なプロセスだったのだと思います。

そもそも、なぜ雪舟本人があとがきを書かないのかと思われる方も多いでしょう。雪舟によると「作品で言いたいことは言い切ったから」とのことでした。私も説明欲求が成仏した今、この作品のことは作品自体が語る力に委ねられるようになったのかもしれません。

ということで、一度書いた原稿からは、それでも読んでもらいたいと思える「緑《みどり》と楯《たて》」に関する内容を紹介します。今、雪舟がどのように創作活動しているかが少しは伝わるのではないかと思います。

♥♥♥♥♥

五章「愛しあう王子たち」は、これまでと違って「王子たち」こと「緑と楯」として詠まれた短歌が収録されています。

俺は楯、彼は緑と名を決めて地球の民の胸に住まおう

「緑」と「楯」とは、雪舟の小説作品にも登場する人物です。

キャラクターとして生きることに決めた地球は満員のようだから

これらは書き下ろされた歌ですが、元々そう作られていなかった既存の作品が、緑と楯の歌となって数多く収められています。

例えば、

案外と水たまり多い道でしょう　おまえに自慢する雨の朝

この歌は、初出時には

案外と水たまり多い道でしょう　あなたに自慢する雨の朝

でしたが、緑と楯の間の出来事として「あなた」が「おまえ」に変えられています。同じような改作を施された歌はいくつかあります。一方、初出時のまま収まっているものも多く、そのどちらとも緑と楯が初めて登場する小説作品よりずいぶん前に出来たものです。

二人が過去の作品を通じて登場出来るのは、彼らが時間や空間の制約を受けない「キャラクター」という存在だからであり、彼らの「キャラクターとして生きる」決断が活きていると読めます。

★緑と楯

鳥肌がかけぬけるだけほんとうのありがとうには相手はいない　（ありが東京）

私たちが日々胸に抱く思いは元々誰のものでもなくて、どこからともなく現われるそれらを一時的に自分のものとして扱っているだけではないかと感じる時があります。

本来思いは何かに所属し続けることなく、どこからか現われ放っておけば自然とどこかへ去ってしまうものであり、そこに抗うように、思いを留めるなんらかの働きも存在している。その留める働きが「私の思い」を作り、個々の「私はこういう人間である」というセルフイメージを形成しているのではないか、と。

一度出来上がったセルフイメージは、そのイメージに基づき「私のもの」としてさらなる思いを磁石のように集め続けて強化され、それらの思いが消えないように固く握りしめることで維持されていると感じています。

「ほんとうのありがとう」とは、握りしめる力が抜け、思いを留める働きが止むことで、「かけぬける」ように訪れ去って行く「ありがとうそのもの」の瞬間で、そこには相手だけではなく自分さえも存在していないのではないでしょうか。

四十歳を目前にしてこんなに不確定で
あっさりとセルフイメージを裏切れることに
新しい鉱脈にいたった感じがした

本歌集扉ページの「自分は枯れたと感じていた」で始まる文章からの引用です。

雪舟作品には年々緑と楯の登場する割合が増え、二〇一七年の終わりにはついに緑と楯の専門作家になると宣言した彼女にとって、彼らの存在は創作活動と同義になりました。執筆中の雪舟は生き生きとしていて、緑と楯だけを書ける環境にいられるのがとても幸せそうです。

緑と楯は、それまで雪舟が抱いていたセルフイメージが緩み、不要になった思いが剝がれ落ちる中で現れてきたキャラクターだと思います。彼らは、あらわになった雪舟の素の心と響き合っている存在なのでしょう。雪舟は「鉱脈」と表現しましたが、彼女に創作欲求を起こし続ける二人には、湧き続ける温泉のような印象もあります。

この星で愛を知りたい僕たちをあなたに招き入れてください（愛しあう王子たち）

緑と楯は人々を内側から温め、ほぐれてゆくハートをともに楽しんでいるのかもしれません。

最後に、度重なる改稿や修正に対応してくださった黒木さん、アドバイスをくださった田島さん、素晴らしい装画を描いてくださったカシワイさんにこの場をお借りしてお礼を申し上げます。

■著者略歴

雪舟 えま（ゆきふね・えま）

1974年北海道札幌市生まれ。
歌集に『たんぽるぽる』、小説に『タラチネ・ドリーム・マイン』、『バージンパンケーキ国分寺』、『プラトニック・プラネッツ』、『幸せになりやがれ』、『恋シタイヨウ系』、『凍土二人行黒スープ付き』、『パラダイスィー8』、アルバムに『ホ・スリリングサーティー』などがある。

「現代歌人シリーズ」ホームページ　http://www.shintanka.com/gendai

現代歌人シリーズ20

はーはー姫が彼女の王子たちに出逢うまで

二〇一八年三月　三日　第一刷発行
二〇一八年三月二十一日　第二刷発行

著　者　雪舟 えま
発行者　田島 安江
発行所　株式会社 書肆侃侃房（しょしかんかんぼう）
〒八一〇・〇〇四一
福岡市中央区大名二・八・十八・五〇一
TEL：〇九二・七三五・二八〇二
FAX：〇九二・七三五・二七九二
http://www.kankanbou.com　info@kankanbou.com

DTP　黒木 留実（書肆侃侃房）
印刷・製本　アロー印刷株式会社

ISBN978-4-86385-303-4　C0092

現代歌人シリーズ

四六判変形／並製

現代短歌とは何か。前衛短歌を継走するニューウェーブからポスト・ニューウェーブ、さらに、まだ名づけられていない世代まで、現代短歌は確かに生き続けている。彼らはいま、何を考え、どこに向かおうとしているのか……。このシリーズは、縁あって出会った現代歌人による「詩歌の未来」のための饗宴である。

1. **海、悲歌、夏の雫など**　千葉 聡　144ページ／本体 1,900 円＋税／ISBN978-4-86385-178-8
2. **耳ふたひら**　松村由利子　160ページ／本体 2,000 円＋税／ISBN978-4-86385-179-5
3. **念力ろまん**　笹 公人　176ページ／本体 2,100 円＋税／ISBN978-4-86385-183-2
4. **モーヴ色のあめふる**　佐藤弓生　160ページ／本体 2,000 円＋税／ISBN978-4-86385-187-0
5. **ビットとデシベル**　フラワーしげる　176ページ／本体 2,100 円＋税／SBN978-4-86385-190-0
6. **暮れてゆくバッハ**　岡井 隆　176ページ（カラー16ページ）／本体 2,200 円＋税／ISBN978-4-86385-192-4
7. **光のひび**　駒田晶子　144ページ／本体 1,900 円＋税／ISBN978-4-86385-204-4
8. **昼の夢の終わり**　江戸 雪　160ページ／本体 2,000 円＋税／ISBN978-4-86385-205-1
9. **忘却のための試論 Un essai pour l'oubli**　吉田隼人　144ページ／本体 1,900 円＋税／ISBN978-4-86385-207-5
10. **かわいい海とかわいくない海 end.**　瀬戸夏子　144ページ／本体 1,900 円＋税／ISBN978-4-86385-212-9
11. **雨《ふ》る**　渡辺松男　176ページ／本体 2,100 円＋税／ISBN978-4-86385-218-1
12. **きみを嫌いな奴はクズだよ**　木下龍也　144ページ／本体 1,900 円＋税／ISBN978-4-86385-222-8
13. **山椒魚が飛んだ日**　光森裕樹　144ページ／本体 1,900 円＋税／ISBN978-4-86385-245-7
14. **世界の終わり／始まり**　倉阪鬼一郎　144ページ／本体 1,900 円＋税／ISBN978-4-86385-248-8
15. **恋人不死身説**　谷川電話　144ページ／本体 1,900 円＋税／ISBN978-4-86385-259-4
16. **白猫倶楽部**　紀野 恵　144ページ／本体 2,000 円＋税／ISBN978-4-86385-267-9

17. 眠れる海

野口あや子

なんてきれい　蓮
半身を横たえるとき
は髪からたわみはじ
めて

四六判変形／並製／168ページ
本体 2,200 円＋税
ISBN978-4-86385-276-1

18. 去年マリエンバートで

林 和清

理解りあふといふのは
映画のワンカット〝水に
挿した青い花〟など

四六判変形／並製／144ページ
本体 1,900 円＋税
ISBN978-4-86385-282-2

19. ナイトフライト

伊波真人

雨つぶが道一面
を染め上げて宇
宙は泡のようにひ
ろがる

四六判変形／並製／144ページ
本体 1,900 円＋税
ISBN978-4-86385-293-8

以下続刊